천 개의 질문

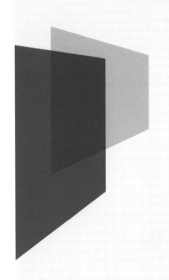

조직형 시집

서정시학 시인선 219

서정시학

환상 속으로 몰고 가는
사랑이란 말은

살아 있다는 말이다
　　　　　　　　　　—「기억 속의 한 사람」 중에서

서정시학 시인선 219

천 개의 질문

조직형 시집

서정시학

시인의 말

나는 위로 받고 싶다는 말을 언제나 위로하고 싶다고 말하
는 마음이다
늘 멀리 떨어져 있는 것 같으면서도 언제나 안으로 들어
가기를 원해 주위를 맴돌았다 들어갈 수 있을까 멈칫거리며
용기를 내어 시작이라고 발을 디밀어본다
힘주어 입 다물고 참고 있었던 것이 아니라 무슨 말을 해
야 하는지 몰랐기 때문이다 이제 입을 떼기 시작했으니 내
말에 귀기울여 주는 사람들을 찾아가고 싶다

차 례

2부

3부

4부

1부

바람의 언덕

초원을 질주하는 말의 갈기처럼
생살을 찢는 바람에 등짝을 눕히고
함께 달리는 풀들이 있다

바람이 절벽을 타고 오르며 휘두르는 채찍에
눕고 눕히며
일어서고 일으키며
온몸이 찢긴다

보고도 눈감고 모른 척 물러서는 태양이 있다

뼈도 없이 풀들은
뿌리에 묶여 허공 같은 절벽에 기대어
손발을 비빈다

바람은 뿌리에 대해
어떤 단칼을 들이대고 싶은지
저린 무릎 세우고 서있는 풀들을
발부리를 훑어 눕히며 야멸차게 매질한다

모든 벼랑이란 발이 위태로운 것인데
서슬 퍼런 바람에 멱살 잡힌 풀들은
더 깊게 뿌리를 움켜쥐고
찢어진 살가죽을 두텁게 울타리 친다

머물지 않는 바람이 어떻게 저들에게
악착같이 각인시키고 단련하는지
바람만의 방식이 있는 것이다

바람이 잦아들고 나면 안다

바람이 부는 대로 흔들린 풀의 순응이
체념만이 아니라는 것을,

바람이 풀을 드잡이하고 호흡을 고르며
절벽을 오르는 순화가
바람, 저를 단련하는 채찍이라는 것을

수월봉*

출구를 찾는 바람이 켜켜이 쌓여 있다
심연의 억압이 만든 상처,
날아든 불덩이를 안고 타버린 몸뚱이
바다를 향해 내달리다가 붙잡힌 허리를 뚝 잘라버리고 싶
었다

생살을 찢고 터져 나온 울음
묵은 책장처럼 달라붙어 버린 몸
가슴에 맺힌 돌을 삼켜버린다
시커멓게 박힌 상처 자국,
별들이 바스스 가슴을 찌를 때마다
눈을 감고 몸을 낮춰 다시 바다로 내달리고 싶었다

한 겹 한 겹
세월의 치맛자락이 하늘을 가리면
그날의 산고를 잊어버릴 줄 알았다
찬 바닷물의 흐름을 어루만지며 쌓인 바람은
서로를 껴안고 절벽이 되어 견뎌야만 했다

---

* 제주시 한경면.

차가운 바다의 기억은 이제 남아 있지 않았다
억압의 고통은 어쩔 수 없었다
만삭의 임산부 튼살 같은 응회암의 편리片理,

바람의 흔적이다

물속의 둥근 달이 높이 치솟는다

삼베 조각보

팽팽한 긴장을 당기며
네 귀가 씨줄 날줄로 균형을 이루던
여문 박음질이 풀리기 시작한다
후줄근한 시간이
보듬어 쌌던 온기를 놓친다

삶의 편린을 조각조각 모아 붙일 때 허투루 모자란 각을
놓치지 않도록 반듯한 영역에 두 팔을 펼쳐 아귀를 맞추고
곧은 박음질로 모질게 채근했음이라

지나간 손바닥에
그물처럼 얽힌 끈이 낡아
당기는 당신의 힘이 가벼워지는 순간
까칠까칠 살갗을 긁던 촉감
이제 볼에 살짝 스치는 명주실로 와 닿는다

그렇게
엷어져 가는 기억들
한 땀도 섣불리 지워버릴 수 없는
당신의 곧은 간섭

성곽처럼 꽉 물려 견고하던 울타리
힘없이 풀리고

일곱 자식 거친 바닥을 다져주던 그 손,

바닥이 늘어지고 있다
올 사이 간격을 끌어당기고 있다

손안의 양파

쉽게 한 행동에 대해 채근해 물을 때
망에 넣어둔 양파를 꺼내
손안에 꽉 찬 양파의 껍질을 벗긴다
매운바람이 코끝으로 불어와
느닷없이 굽은 척추를 자극할 때
탱탱한 하루는 눈물로 푸석해진다

오늘 아니면 내일, 아니 몇 년 전
바라던 일들이
잠자리 날개같이 바스러지는
한낱 껍질이었다고 느낄 때

속이 없는 양파
안쪽으로 갈수록 겹겹이
대답하지 못한 말들이 두꺼워지고
둥글둥글 하얗게 부풀려진다

안으로만 말리는 겹겹의 탄력

그 싱싱한 뿌리는 달고 매운 속살을
한 겹 한 겹 포옹의 방식으로
둥근 달 하나 띄운다

내 손안의 양파,
껍질을 벗길 때
속으로 말아 넣은 촉촉한 이력이
결마다 매끈해지는 나이테

걸어가는 뿌리

아가의 두 다리를 꾹꾹 눌러 펴듯이
엉긴 뿌리를 펴준다
작은 화분에서 서로를 얽고 뭉쳐있던 몸

하늘 한번 보지 못하고
가장 낮은 바닥에서
구부리고 있던 다리를 펴고 일어선다

넓어진 독방 안에서 옆으로, 밑으로 뻗어본다
발을 뻗는 곳이 곧 길이다

억압의 시간 지나 독보獨步의 자유
잘 맞는 신발 신고 걷듯이 몸이 가볍다

머잖아 또
이 좁은 세상이 갑갑해지겠지만
구부린 발을 아래로 펴고 설 수만 있다면
허공에 함부로 발 들이밀지 않는다는
뿌리의 근본을 지킬 수 있다

하늘 위로 솟은 곧은 줄기

초록이든 연두든
받치고 있는 뿌리가 있어야
뻗어갈 테니까

흰 강

강은 할 말을 잃고 입을 닫았다
그 위에 눈이 내려 무덤처럼 덮어버렸다
쩡하고 몸을 떨며
강이 울었다

거슬러 올라갈 수 없는 냇물이었을 때
얕은 속을 다 내보인 채
무심한 물풀들 간질이며 웃었고
작은 돌이며 송사리 떼랑 장난치며 까불대었다

팔다리가 죽죽 길어질 무렵
보폭이 커지면서 차츰
가벼운 몸짓을 멈추었고
서서히 시간을 돌아가는 여유를 챙겼다
함께 묻어가는 더 큰 물고기와
작은 소리를 내며 굴러가는 돌이
어디서 무엇이 될까 궁금해졌다
소용돌이치며 거친 물음을 묻기도 했다

점차 몸이 커지자 무거운 것들은 내려놓았다
제 몸만으로도 힘이 벅차
보이는 것들은 감추고
흐름을 달래며 물살을 어루만졌다

이젠 속수무책으로 떠밀려가며
이 겨울을 견뎌야 한다

결기가 풀리고 봄이 온다 해도
생은 밑으로 흘러 더 깊어지고
되돌아 그 물소리는 듣지 못한다

나무는 울지 않았다

나무의 가지가 뭉텅 잘렸다
몸통의 반이 사라졌다
그래도 나무는 울지 않았다

내가 아파서 울었다

이제 바람이 불어도 너에게 손을 흔들지 못하고
불 켜진 창을 들여다볼 수 없다
가지를 뻗어 그림자로도 쓰다듬을 수 없으니
가질 수 없는 텅 빈 하늘에 마음을 세워두고
바람이 쌓은 탑처럼 서 있다

나무가 무성한 잎으로 시야를 가릴 때보다
캄캄한 바닥에 내려서서
허공에 기대어 바라보는 그리움이 더 크다
새들이 날아오르지 않고 달도 별도 걸리지 않아
풍경을 그리지 못한다

겨울눈이 달린 가지 하나 없이

하늘을 떠받치는 기둥으로 서서
근근이 이 계절을 건너고 있다

피를 흘리지 않는다고 아프지 않은 건 아니다
울 수 없어 안으로 삼키는 울음이 더 깊다

언젠가 몸 안에서
새순이 움터 자랄 그때까지
네가 울지 않으면 얼음 속
나도
응당 울지 않을 것이다

예순아홉 개의 징검다리

돌은
뛰어넘지 못하는 얇은 물을 거스른다
그래서 자주 먼 물 아래로 잠긴다

발자국에 맞춰
심장의 박동 소리가 조금 올라가는 것은
두려움의 간격으로 놓여 있는 돌이 아니라
나의 무게 중심을 알지 못해 기우뚱한
흔들림 때문이었을 것이다

망설임이 더욱 나를 흔들고
일렁이는 물살이 안착을 저지한다
젖으면 될 일을 물에 드는 것을
꾸중으로 들었던 어렸을 때의 기억,

참새처럼 콩콩 뛰면 되는데
어룽어룽 물살이 어지럽다
물의 눈에 집중,
물에 어린 하늘을 보지 마!
물결 없는 물에 물의 얼굴을 만든다

오도 가도 못하고 발을 붙이고 서 있으면
섬이다
섬들이 퐁퐁 솟아 물둘레를 만든다
내 발을 적시지 않으려는 물둘레

나도 모르게 내딛는 걸음은 수를 센다
예순아홉 개의 골짜기,
나의 숨소리와 물의 거품과 물결의 소리는
한 칸씩 화음을 만든다

건너가게 하는 건 언제나
섬을 딛고 발자국을 남기는 다리이다

나무가 되어가는 사람

발걸음 주춤거리며
열리지 않는 문 앞에서
남자는 두 손으로 카드처럼 잎을 펼친다

일 년 구독 현금 다섯 장!
선의의 음성이 들린다
내미는 손이
잔인하게 두목 치기 당한 나무처럼 머쓱해진다

갑자기 다가온 유리문에 부딪혀 멍해진 채,
돌아서면
안 되는 것이었다
그냥 그대로 서버려서는

잘려 밑둥치만 남아 외면당하는
아무도 쳐다보지 않는 나무
가지가 자라고 잎을 내밀고
한때는 아름다운 꽃도 피울 수 있었다

바람같이 앞만 보고 가는 사람과
애써 잡아야 하는 사람 사이에 후줄근히 서서
코를 풀어 던진 휴지처럼
비 맞고 널브러진 목련꽃을 바라본다

잘라버리고 싶은,
부채처럼 푸른 잎을 펼쳐 쥔 손을 움츠리고
그 자리에서
열리지 않는 문을 두드리며

나무가 되어가는 사람

좋은 날이야

바람이 슬쩍 지나가며 말한다
연날리기 좋은 날이야
새떼들이 일제히 날아오르며 말한다
높이 날기 좋은 날이야
개양귀비꽃밭 빈터가 눈을 찡긋하며 말한다
배경이 참 좋은 날이야

하늘을 배경으로
울기 좋은 날도 있구나
연은 아무도 없는 곳으로 올라가
온몸을 흔들어대었다
배경에 밀어 올리는 바람이 있고
그림이 되는 하늘호수가 있다

해를 향해 올라간다
파란 하늘 개구리 헤엄쳐 올라간다
외줄에 목숨 걸고 간들간들 수평을 잡는데
새떼들이 우르르 박수를 보낸다

센바람을 안고 날아오르는 것이
망망대해에 홀로 떠 있다는 것이
어떤 것인지

외줄을 잡아보지 않은 사람은 모른다
눈조차 뜰 수 없는 이 바람을
견뎌보지 않고는

오직 혼자여야만 하는 자리
적당한 곡선과 몸을 끌어당기는
줄의 무게를 유지해야 하는 이 팽팽한 긴장

태양은 알고 있지
개양귀비꽃밭에 꽃씨를 뿌리고
하루의 위안을 얻기 위해
이렇게 바람을 기다리고 있다는 거

퍼즐 맞추기

핏줄처럼 뻗은 잎맥이
내 심장의 한복판으로 조각조각 갈라진다

생은 어느 순간
색깔과 위치와 모양에 따라 분류되고
갈라지고 사라지고 뚫려서
내가 선 그 자리가 구멍

오늘과 내일은
입 깨물고 견뎌야 하는 세월이 된다

눈앞에 보이는 작은 잎사귀 하나가
제 세계 전부인 벌레는
단지 잎을 먹었을 뿐
갉아 먹은 구멍으로 파란 하늘이 보일 줄 몰랐다
구름이 떠가고 빗방울이 떨어지고
맑은 날 눈부신 햇살이 비칠 줄은

세상에 창 하나 여는 줄도 모르고
제 일을 하는 벌레

가지처럼 뻗은 잎맥을 따라가면
사라진 잎사귀를 그릴 수 있다

색깔과 모양을 연대하여 제 역할을 하는
잃어버린 조각을 찾는다

온전한 그림 하나가 그려지고 있다

내가 선 그 자리에

긴기아

4월은 한참 멀었는데
겨울이 너무 길었던 걸까
긴기아, 아직은 아닌데 너무 서둘러
꽃대를 밀고 올라와 버린 조급함을 어쩌지
제 계절을 분별하지 못하고 피는 꽃이
어쩌면 좀 부족한 거 같기도 한데

지루한 시간을 확 잡아당겨
하루를 열두 시간으로 한대도 누가 뭐라겠어
아무려면 그것도 너인 걸

애써 봉오리를 밀어 올려도
다 피지 못하는 꽃이 있고
너무 미리 와서 녹아내리는 꽃도 있다

일찍 피려는 마음과 피지 못하는 마음 사이에서
우리는 피어나고
창가의 햇볕은 피지 못하고 움츠린
봉오리로 간다

초대받지 못한 자리에 미리 와
조그맣게 웃고 있는 꽃을
나의 봄 마당으로 불러들인다, 긴기아

불빛 정원

목련 나무 입구,
아무 계절도 자라지 않는 죽은 숲에
LED 환한 전구들이 일제히 켜졌다

한 꽃마을이 생겼다

가장행렬하듯 치장하고 일어서는 나신들
뜨겁게 켜지는 심장도 없이
몸속이 밝아지면 곳곳에
허수아비 생명들이 늘어선다 허영에 찬
텅 빈 머리만 세우고

앞만 있고 뒤가 없는
겉만 있고 속이 없는

환한 마당 밖의 일은 나와 상관이 없는 일
죽음보다 더 캄캄해지는
불이 꺼진 후의 일은 접어 두자

매일 죽어야 살아나는 허구의 반복
그 헛것을 위하여 오늘도
어김없이 죽은 생선의 눈,
헤시시* LED 불을 밝힌다

뜨거움도 없는 오늘 밤이 들떠있다
밤새껏 쏟아부어도
타지 않는 밤

아침이면 목련꽃 환하게 피어
허수아비 생명들 주워 올린다

---

* 헤시시(hashish): 대마초.

동백꽃이 송이째 떨어지는 이유

바람이 분다

가려워서 살짝 긁었을 뿐인데
동백꽃이 송이째 떨어진다

손이 건넨 따뜻한 온기가
언 몸을 녹일 수 있겠지만
잘못 회로를 망가뜨릴 수도 있다

벌레의 입이라고 문질러 막아버린 일

덧난 상처가
벌겋게 독이 되어 퍼질 줄은 몰랐다
아무리 얕은 가려움이라도
바닥까지 긁어서는 안 되는 일

긁힌 상처는 가만히 엎드린 바닥이 아니다

얼굴을 가리고 일어서는 마음이 있다

살짝 어깨를 받쳐주기만 하여도
일어설 수 있는데
누워 쉬는 마음을 일으켜 세우면
건디고 있는 눈물까지
빼앗는 것이다

동백꽃은
제 눈물을 들키지 않으려고
송두리째 떨어지고 마는 것이다

드라이플라워

문이 닫혔다

몸을 수조에 담그고 다그친다

모세혈관을 타고 조여드는 압박
다만 꽂이고자 한다

색깔과 향기와 자태가 절대적인,
이름을 지키는 일

너는 꽃이다

오후 3시 반의 무료한 벽을 장식하는
너를 지키는 마지막 자세

건드리면 부서지더라도
분명한 색깔과 투명한 의지로
너를 증명할 수 있다

마지막 피 한 방울까지

다 비워 말린다

꽃이 지고 꽃으로 남는다

앉은 자세 그대로
재만 남아도

한 치의 승복도 할 수 없는

죽어도 꽃이다, 박제된

편지를 기다리며

그는 모르고
나는 기억한다
어둠에 싸여 한쪽만 아는 사람,
찾아오는 것을 기다린다

그러나 주소를 묻지 않는다

그의 시간과 나의 시간은 다르게 흘러간다
그에게는 그때가 순간이었고
내겐 상처라 영원으로 새겨졌다

내게 말한 것들이
안에서 봉해지고 보이지 않는다

완전히 닫히지도 않고
잘 열리지도 않는 꽉 물린 입

들여다볼 수 있는 구멍이 있어도
문을 열고 들여다보아야 안다

꼭 손을 넣어
만져보아야만 안다

편지는 도착하지 않을지 모른다

2부

천 개의 질문

오후의 역광으로 찍는 뷰파인더 속 나무 한 그루
시커먼 실루엣으로
하늘을 떠받친 채 무섭게 서 있다

천 년을 넘게 산 은행나무

거대한 나무 밑에 서서
고개를 꺾어 하늘 같은 꼭대기를 쳐다본다
나무의 끝을 알 수가 없다

세상일이 안과 밖이 따로 있는 게 아니라면서
부동의 자세로 대웅전을 바라보는 나무

저 가지 어딘가에 붙었던 나뭇잎으로
수많은 인연이 겹을 만든다
아직 이루지 못한,
가지에 매달고 있는 천 개의 질문

천 개의 눈이 있고

천 개의 귀가 있어
천 년을 산다는 것은 나무 하나만의 목숨은 아닐 것이다

그에 일 할도 안 되는 목숨으로
그를 엿보는 것 같아 가슴이 쿵쿵거린다

나는 아득한 나무 앞에서
너무 높게 서 있었다

책은 새가 되어 날고 싶다

처음으로 따뜻한 손에 잡혀
등을 펴고 눕는다
꽂힌 그 자리에서 면벽하고 오래 박혀 있어
뻣뻣하게 굳은 몸은 꾹꾹 누르지 않으면 펴지지 않는다

그저 바람 한번 타고
등을 눌러 날개를 펼칠 때
부풀어 벌름거리는 콧구멍
날개 없는 새가 난다

가끔 옆으로 밀린 적은 있으나
한 번도 얼굴을 내보인 적이 없다
앞뒤 서로 달라붙어 숨도 못 쉬었다
책상에 누워 심호흡 한다
몸이 말랑말랑 살아난다

보이지 않는 지문이 얼룩처럼 남는다
한 세계가 열린다

편애의 얼굴, 날개에 도그지어*가 만들어지면
꼬리라도 흔들고 싶다

문자를 꾹꾹 눌러 참는 것도 수행
날개를 접고 서 있으면
입을 뗄 수 없어 그대로 박제가 되는 것은 흔한 일

책은 새가 되어 날고 싶다

---

* dog's ear: 책장 모서리의 접힘. 책장 모서리를 접다.

폐선

뱃머리는 거침없이 파도를 밀고 나아간다 좌우현의 오래 된 균형이 삐걱거리며 서로 맞잡은 손을 거두어가자 갈라진 파도가 비명을 내지른다

몸통을 지나 어깨 위로 세월의 더께가 덕지덕지 앉을 때까 지 뱃머리는 무지근해지는 통증을 전혀 감지하지 못한다

날카로운 예지는 분명한 걸 챙긴다 단호하게 잘려 나간 꼬 리를 슬며시 감추고 씻은 얼굴 내미는 건 부끄러운 변명이다

수평선에 맞닿은 흐리멍덩한 하늘이나 경계선을 뭉개버 리는 저녁 안개는 늘 무시당하는 편 말이 없는 것들은 모호 해서 경계를 흐린다 배의 무딘 허리를 훑으며 지나간 물결 이 고물에 고물고물 맴돌거나 소용돌이치며 뒤따르며 밀어 주고 있다는 걸 깨닫지 못한다 달리는 말이 뒤돌아본다는 건 용납할 수 없는 일 지나간 후미는 곧 사라질 물거품일 뿐 이다 사라질 것에 대하여 사랑을 퍼주는 건 어리석은 일이다

뱃미리를 벗기는 짱짱한 햇빛만이 대쪽같이 당당하다

앞만 보고 달리던 뱃머리는 고물 뒤에 숨은 시선을 기억하 지 못한다.

지켜보며 뒤따르며 드러내지 않을 뿐 침묵으로 밀어주던 그 물결이 흘수선 아래 감춘 어미의 마음을 아주 환하게 비춰주고 있음을 깨닫지 못한다.

가벼운 식사

볼록한 엉덩이 그 보드라운 살결은 언제든 손을 뻗으면 닿
으므로 관심을 접어 둔다 구수한 냄새 날아가고 수분이 빠
져나가며 결 따라 마른 길들이 드러날 때쯤, 편한 대로 한 끼
때우기 위해 비닐봉지 안에서 버썩 마른 식빵을 집어 든다

진열장 위에선 그럴듯하게 바람 부푼 모양새의 식빵, 쭈그
리고 있는 검은 비닐봉지 속으로 다시 구겨 밀어 넣어야 할
하나의 의식일 뿐 먹어야 할 양식은 아니다

예의를 갖추어 온유하게 대하는 밥에서 손아귀로 찢어 먹
는 야성의 진보 김이 빠진, 온기가 없는 빵을 씹으며 꾸역꾸
역 넘어오는 타성을 밀어낸다 단맛에 눌어붙어 떨어지지 않
는 친밀한 아주 친밀한 이 가벼운 식사

민들레처럼

아무데나 빗줄기가 스며드는 곳이면
보따리를 풀고
건조한 바람에 실려 온 고단한 몸을 부렸다
얼마나 깊이 내려가야 발이 닿을지
닫힌 문 앞에 마냥
서 있었다

관절마다 갈퀴 같은 옹이박이고
텅 빈 뱃속을 드러낸 팽나무가
속절없이 예각으로 기울 때에도
나 여기 끄떡없이
서 있었다

강물은 깊어 돌을 굴리지 못하고
온몸으로 쓰다듬고 지나가지만
왔던 길을 뒤 돌아보지 않는다

어스름 땅에 납작하게 붙어
도도하게 하늘 향해 주먹 내지를 때

뿌리는
묵묵히 깊은 우물물을 길었다

내 몸이 긴 그림자 비울 때

둥근 바람을 받아 날기 위해
깃을 팽팽하게 세우고
처음부터 나 여기
꿋꿋이 서 있었다

위험한 집

새는 두 칸의 집을 짓지 않았다
바람에 흔들리는 집을 지었다

새는 사람들이 쳐다보지 않을 때 집을 짓는다
언제 지었는지
나무 꼭대기에 덩그러니 집 한 채 올려져 있었다

허공에 방 한 칸 지니기 위해
수없이 날아 작은 나뭇가지를 물어 올렸다

수리하고 덧댄 바람벽에 알을 낳고
새끼가 다 자라 날아오를 때까지
비가 와도 눈보라가 쳐도
누가 지어준
더 좋은 집을 찾지 않았다

은빛 높은 가지 위에 눈이 내렸다
떠날 때도 새는

그 집을 허물어버리지 않았다

누룽지 카페

커피 한 잔으로 서둘러 떠나기도 하지만
오래 그곳에 머물기도 했다

일부러 사람들이 붐비지 않는 곳을 찾아
단골이 되었다면 익숙해져
군불 땐 아랫목 같은 한 자리 차지하고
종일 자연스레 공부를 즐겼다

아무 눈치 보지 않고 진득하게
눌러앉을 수 있다는 것은 능력이다
엉덩이가 뜨겁게 눌어붙어야 하기 때문이다
그건 일종의 금지에 가깝다

바싹한 누룽지가 되기 위해선
천천히 눌어붙도록 앉아 있어야 한다

눌어붙어 무거워진 마음을
퉁퉁 불려 부드럽게 익혔다

그가 일어나 집으로 돌아갈 즈음이면
가마솥에서 오래 익은
누룽지의 구수한 향기가 몸에 배어
향기 나는 사람이 됐다

누구에겐가 필요한 것이 되기 위해서는
나를 뒤로 하고
경계를 넘어야 했다

한 자리에서 오래오래
시간을 묵혀야 했다

중랑천 검은 잉어들

몸뚱어리가 퉁퉁 부어올랐다
이미 검은 강에 물들어
던져주는 먹이를 먹고 시커멓게 자랐다
뻐끔뻐끔 입을 벌리고 모여든다
검은 잉어들

하늘에서 떨어지는 선물이
장난삼아 던져준 모이였음을 알까
혀의 돌기에 간사한 기억을 포장하여
매번 다시 끌어당긴다

불에 뛰어드는 나방처럼
서로 몸을 부딪치며 쟁탈전이 벌어지고
곡예도 아니면서 위태로운 줄타기를 하는 맹목

자신을 다 탕진하고서야
헤어 나올 수 없는 심연이거나
점점 더 깊이 빠져드는 늪과도 같다는 걸 알까

손아귀에 먹이를 쥐고 던져주는
개의 훈련법이 아무 데서나 난무한다
저 손에 잘못 길들고 있다

잘못, 맛 들이고 있다

좌표 여행

짐을 챙겨 떠나는 사람들은 주소가 없다
말려도 막무가내로 끝을 보고
반드시 출발점으로 되돌아온다

떠나는 것은 속도의 문제가 아니라
좌표가 늘 발등을 찍는다

어디를 개척하듯이
새로운 발자국을 찍는 일이다
낯선 곳에 가서 나를 묻고
기억만 가져오는 일

밤이 없는 곳으로도 가고
계절이 없는 곳으로도 간다

오늘만의 발자국을, 스탬프를 찍듯이 자취를 남기고
내일을 갈 수 없으니
가방을 날짜변경선에 대놓고 신발을 벗는다

여행은 그렇게 돌아오는 게 아니다

아무리 연습해도 그 낯선 곳은
가보는 게 아니라
그 속에 직접 들어가야 하는 것

오늘 발자국을 찍는 그곳에서 내일
다시 돌아오지 않기 위해 다가가는,

그런 날은
아무도 짐을 꾸리지 않는다

북경오리는 북경에서 오지 않는다

북쪽 하늘이 텅 비었다

어디로 다 날아갔을까
여기 한 마리, 두 마리가 날아와 앉았는데

무리에서 떨어지면 찾을까
그냥 버려지는 것일까
의문부호처럼 접시에 엎드렸다
속이 타 간이 오그라들고 껍질까지 바싹 굽혔다

운명은 사육되고 날개는 퇴화하여 살찐 새
고개를 들면 환한 북쪽
하늘은 그저 북쪽만 가리키는 방향이었다

그래서 고향이 멀리 있다는 걸 알았다
거기서 태어나지 않아도 고향

태생이 어딘지 몰라도 모두 북경오리
주둥이가 붉은지 노란지

지방색이 드러날 털 색깔이 무엇이었는지
북경오리는
북경에서 오지 않는다

이름을 포장한 요리들

가장 먼저 혀에 닿는,
그 맛이 원조로 기억된다

고지의 정류소

산엔 눈이 내리고
여긴 꽃이 핀다

오르지 않고서는 고지에 닿지 못한다
먼 눈빛으로는 알 수 없는 곳
산 위에서 사람들은 겨울을 걸어 내려왔다

중턱에서 오래 머무는 구름은
늘 겨울을 본다
나는 산 아래서 꽃을 보고
겨울을 보기 위해 멀리서
고지를 경유하는 버스를 탄다

창밖은 겨울, 순간순간이 지나간다
새들의 날개에 봄을 실어보지만
바람이 움켜쥐고 있는 나뭇가지에
빈 새집만 덩그렇다

과거는 현재 속에 있다
지나간 것 같지만 그대로 있다

무릎이 푹푹 빠지는 눈길을 내려왔을 때
아이젠 한쪽이 달아났고
까마귀 울어대던 고지의 정류소에
까맣게 하늘을 뒤덮고 눈이 쏟아졌다
차를 기다리는 사람은 아무도 없었다
길이 끊긴 고지에
봄은 한참이나 멀리 있었다

그때도 여전히
산 아래에서 보면
눈구름 위 하늘은 푸르렀고
여기 동백꽃은 붉었다

나도풍란

조난당한 너는
위태로운 바위에 뿌리 얹어
간신히 발붙이고
목숨 한 칸 버틴다

몸보다 긴 꽃대로
노를 저으면서
생계를 떠메는 무게를 받쳐 든다

제 발소리 듣고 혼자 크는
아기 발바닥만 한 잎,
시린 발목으로 허공을 향해 걷는다
공중에 걸린 뿌리 흔들지 않으려고
낮은 몸으로
발자국 무늬를 그린다

어느 바람 타고 흘러왔는지

두려움을 떨치고 가야 하는 길

꽃대에 돛을 올리고
먼바다로 힘껏 한번 헤쳐가 봤으면

바위에 발가락 길게
닻처럼 드리우고
해안선을 따라

끝없는 구조신호를 보내고 있다

동굴 속 분홍 물고기*

사람들이
검은 바다에 물결같이 뛰어든다

잠시 출렁이다가 잠잠해지는 수면 위
홀로 헤엄치고 있는 분홍 물고기를 본다

2호선 동굴 순환선을 따라
길의 꼬리를 물고 도는
천년을 홀로 수행하는 용천동굴의 물고기

가늠할 수 없는 맞은편을 향하여
먼지가 일어나는 남루한 눈길
아무도 눈 맞추지 않고
손바닥만 한 네모의 방에 면벽하면
누가 곁에 있어도 혼자다

어깨를 감싸 줄 낯익은 얼굴 같아 돌아봐도
비릿한 냄새가 밴 자리에

---

* 제주 용천동굴 호수에 있는 희귀한 어류. 피부는 멜라닌 색소가 적어 옅
  은 분홍색으로 투명하다.

눈을 감고 줄지어 앉은 퇴화한 눈들이
연어 비늘처럼 일어난다

동굴을 따라 도는 힘으로
철커덕 경전의 한 페이지가 넘어갈 때마다
사람들은 정확히
진도에 따라 열고 닫히는 문을 통과한다

무수히 쏟아내는 저 행적을
출렁이는 물결에 지우고 마는 동굴 속 물고기

어둠 속에서 어둠까지 지우며
아무것도 기록에 남기지 않는다

버려진 장롱

여기저기
큰 덩치 이끌고 다니느라 많이 지쳤다
언제나 가장 먼저 들어와 자리를 지켰고
가장 나중에야 방을 나갔다

무거운 짐이 되어
일꾼 발등 찍을까 조바심도 내고
손 놓치면 깨질까도 두려웠다
평생 품에 안고 지키던 것들이
집을 비우고 다 떠나갔다

곱게 마주 잡던 아귀가 뒤틀리고
입을 열 때마다 삐걱대는 소리 난다
포근한 것들만 가지런히 쌓아놓던 방
늘 거울 앞에 섰던 얼굴이
철 지나 말라버린 수국처럼 거슬린다

갈 때는 뒤끝 없이 가야 하는 것
물이 마른 저 계곡 어디쯤,

패인 산기슭 그 어디쯤에서
찢어져 썩거나 더럽혀져선 안 된다
길바닥에 내동댕이쳐져서도 안 된다

좋은 관 아니더라도
등짝에 주소 한 장 써 붙이면
매장이든 화장이든 산 흔적 지워주니
가벼워지는 몸
가슴에 핀 꽃나비

그림자 지는 쪽으로 꽃그늘이 기운다

붉은 마음

눈이 내리는데 여태 잎을 떨구지 못하고
그대로 말라 있는 키 낮은 단풍나무를 본다

훌쩍 떠나버리는 것도 능사는 아니지만
꽃은 질 때 져야 하고
가야 할 것들은 가야 아름답다

꼭 맞는 제 계절을 알고 가는
어떤 이별은 찬란하기까지 한데

손이 부르트게 골똘히 물만 퍼 올리다가
그만 지쳐 주저앉아버리면
혀에 새길 말조차 없어 누추해진다

마음 약해 떼어놓지 못해 주저한다고
억지로 매달리는 것이
사랑은 아닐 텐데

한때 붉었던 마음 있었다면

최선을 다해
꽃처럼 뛰어내렸어야 했다

영원이란
색이 바래지고 피부가 말라 버짐이 필 때까지
둘 사이 차가운 공기가 흐르고
믿음이 희박해질 때까지는 아닐 텐데

눈사람

처음부터 위태롭게 태어난 건 아니었다

전혀 바라던 자리가 아닌 곳에서
몸통으로 서 있는 불안한 직립

흔들리는 나무 위에선 잡을 게 아무것도 없구나

적요한 밤이 지나면
해가 솟는 아침이 온다는 것을 간과했다
뺨을 때리는 바람만이 너를 견디게 하는 힘
말은 입에서 생기지 않고
희망을 눈으로 보는 것도 아니다

한때 순백으로
가만가만 길을 찾던 잃어버린 발꿈치를 들고
창 안을 들여다본다

네가 던져놓은 선물꾸러미가 집집마다 쌓여 갈 때
넌 나무에서 후드득 떨어지는 눈처럼 부서져 내린다

끼니도 거르며 밀고 가는 택배 카트에
어지럽게 달려드는 밥풀 같은 눈송이
하루를 달려 텅 비워 낸 저 짐칸에
무엇을 담아 돌아가야 하는지
젖은 주소를 읽으며 먹먹해진다

이미 내일이 와버렸다는 것도 모른 채
서서히 체온을 올리며
그 자리에서 날개를 터는 눈사람

가을, 파크 프리베*

친구 열 명이 모이면
지나간 사람 열 명이 보인다

손가락이 가리키는 방향은 각각 달라도
한 곳으로 시선을 모은다
모자를 벗고
민감하게 머리숱을 세고
바람에 날리는 겉옷의 두께를 잰다

잘 넘어가는 술처럼 고운 추억은
책갈피에 쌓이는 이야기가 되고
입에 맞지 않은 걸리는 고명
버섯과 햄과 다족류가 까끄라기처럼 씹힌다
굳은 국숫발처럼
소화되지 않은 단어들이 접시에 남는다

창밖은 소란스럽게 겨울을 좇아가는 가을이
성마르게 붉은 단풍을 휘몰아쳤으나

---

* 파크 프리베: 의정부 장암에 있는 카페.

아무도 다른 계절을 묻지 않는다
둥근 탁자를 에워싼 시간은
각자의 기호대로 기억을 저장한다
지금은 온기 한 장으로
무겁고 커다란 접시를 덮는다

거기 곁에 있어도
지나간 열 사람 얼굴이 찬찬히 보인다

3부

강은 흘러가면서 깊은 여백을 남겨두었다*

슬픔의 등이 깨지는 하루
외롭지 않으려고 나는 강으로 간다
생각하지 않으면 슬픔은 눈물이 없을 수 있다

전에는 보지 못한, 어쩐지 강가에는
어울리지 않을 것 같은 해당화가 피었다
꽃이 피고서야 거기 있는 줄 알았다
장미를 생각나게 하는 향기가 슬픔으로 배이다
가만히 꽃잎을 만진다. 입술 같은

아무리 먹어도 채워지지 않는,
그리움은 허기
펄럭이는 것들을 강물에 흘려보내려고
그러나 아무것도 흘려보내지 못하고
강가에 주저앉는다

강을 떠미는 바람은 물비늘을 만들고
나날이 억세지는 갈대나

---

* 김희업:「철새들의 본적」에서.

간간이 웃고 있는 애기똥풀
갑자기 치렁치렁 주머니를 늘어뜨리는 아카시아
무성하기 위해 아우성친다

강에는 가만히 강다운 것들이 있다
보이지 않는다고 거기에 없는 게 아니다
바다의 걸음과 산의 높이가 함께 드리운다
강은
들리지 않는 소리를 증폭시키고
움직이지 않고 살아있는 것들을
살게 한다

날마다 다른, 소소한
내가 만드는 풍경들을 바라본다
강은 흘러가면서 깊은 여백을 남겨두었다

멀미

센바람을 타고
박주가리 씨앗처럼 날아왔다

낮은 울타리 안에
무거운 짐을 흥건히 부려놓고
신발 끈을 단단히 새로 묶고
길이 없는 숲으로 갔다

나무를 쓰러뜨린 것이 바람인 줄 알았으나
기계톱에 나무가 넘어가는 쪽으로 바람이 일었다

여린 가지들이 마르는 걸 처음 보았다
우듬지부터 벌겋게 죽어가는 재선충 소나무
떨어지는 숨이 밑동에 붙어 헐떡거렸다
가시덤불이 허벅지까지 기어올랐다

나의 휴식은
흔들리지 않는 물가면 좋겠는데
어느 방향으로 보나 바다가 퍼렇게
나를 흔들었다

파도가 혀를 날름거리며 창을 밀고 들어왔다
반도半島 깊숙한 분지에서는 절대
찰랑거리는 물의 입술을 보지 못했다

섬은
바다 한가운데서 떠돌고
땅에 발을 붙이지 못한 나는
심한 멀미가 나기 시작했다

귀

허술한 초소를 지나갈 때
한순간 혼자가 되어 긴장하는 것처럼
잠이 마르는 새벽 한 시
손을 놓고 우두커니 앉는다
풀벌레 소리에 귀가 밝아지는데
어둠이 눈을 감고 문 앞에서 읍揖한다

한 시간 전 일이 어제가 되고,
곱게 잠든 이의 귀밑머리가 희다
풀어버린 두터운 손
산등성이처럼 굽어 내리는 어깨
가는 길은 멈출 수 없는지 푸푸 호흡이 걸린다

내가 잠들지 않고 잠든 이의 얼굴을
바라보는 일
오늘의 가장 빠른 시각에
어제의 고된 얼굴로 서로가 낯설다
오늘 깨어 있는 사람이
침묵으로 벽을 깨는 일

오랫동안

미주 바라보지 못한 굽은 시간을

차곡차곡 펴 바르는 새벽 두 시

지나쳐버린 순간에도

가슴에 머금은 따뜻한 언어가 잘 들리도록

환히 길을 열어 두고 있는 귀

카페에 앉은 고래

한 사람이 문을 열자
지워지던 붉은 빛이 완전히 사라졌다

줄이 끊어진 풍금은 어둠을 안고
중간으로 접어 앉았다

단지 희고 검은 이빨을 앙다문 채
방부防腐의 세월을 건너
오래되고 벗겨진 흔적의 살가죽만이 건재한
내가 나였음을

나였던 것들의,
멀리 사라져간 파도들
허파에 가득 바람 담아 심연을 노래했던
레 파 라 푸른 물결의 음계들
떠도는 시간의 이름들

커피 향 가득 풀린 얕은 수조 속에서
수면으로 솟구치고 싶은 고래

주파수가 다른 노래는
어디에도 닿지 못하고 식이 가는데
아무도 울림통을 빠져나가지 못하고

마주 앉은 사람들 알지 못하는 언어로
화음을 기록하는
오래전 나였던,

풍금의 남아있는 건반들

황홀한 약속

내가 어디에 있든
서로 양방향에서 거리를 좁혀
같은 시간을 바라볼 것

귀를 열고 약속을 열두 시쯤으로 적는다

그때부터 맘은 온통 거기에 가 있다
생각을 떨쳐버릴 수 없고 거기에 묶여 빗장을 건다

환절기엔 비가 자주 온다
젖은 나무에서 새순이 뾰족 얼굴을 내밀 듯
마음 한쪽을 열고 충분히 젖는다
다가오는 미래가 어떻게 전개될지
심장까지 빗물이 스며들 때까지도 모른다

모든 귀를 닫아도 들리는 음성,

나와 다른 주파수를 가진 당신은 나를 부르고
내 가슴에 깊은 무늬를 새기고 사라질까 봐
나는 그것을 계속 되뇐다

표정을 보지 않고도 나를 조종한다
여기의 아침과 거기의 아침은 다르겠지만
반경에 구속된 나는 줄에 이끌려 당겨진다
비가 원인은 아니다

타협에 따라 결정되고
약속하는 순간부터 이미 당신을 만난 기분
언제 도착해야 할지 두근거린다
언제까지 우아하게 머무를 수 있을까

꽃봉오리를 두근거리게 하는 빗소리
몸은 습관처럼 기울어도 자꾸 일어선다

종이 인형

이미 북촌을 걷고 있었다

같이 걷던 발걸음이 거기에 기다리고 있는 듯
골목에서,
달력 그림처럼
한옥 처마의 곡선을 사진에 담았다
거기에 서 있는 누군가가 함께 찍혀 나올 것 같아서

길게 줄을 서서 국수를 먹으면
거기에 같이 기다린 사람이 서 있을 것 같아서

먼 곳에 있는 추억이
가까이 다가오는 것들을 찾아다녔다
우리가 언제 함께했는지 기억을 의심하면서

마주 닿은 가슴이
포개진 적이 언제였는지
사실은 그렇듯
꿈속에 보는 것들은 늘 한 면만 본다

닫힌 대문에 걸린 종이 인형
오늘은 쉽니다

모든 것은 그 안에 쪼그리고 앉아 있었다

외국어의 시간

날개를 접고 시나브로
시간의 그물을 엮고 있다가
낯선 언어의 미로에 갇혀버렸네

같은 음을 반복하는 입술은
혀에 걸려 나아가지 못하고
숲은 뒤에서부터 어둠을 몰고 오네

보이지 않는 너에게 가까워지려고
새 신발을 신고 부르튼 발

구겨지긴 싫고,
부풀어 터질까 조바심을 내도
지금은 한밤중, 별의 영역이라 저며지는 백지

너를 읽지 못해 허둥대다가
서식지를 잃어버리고
씹다가 내뱉지 못해 웅얼거리는 노래

빽빽한 숲이 길을 막고 있어
이디로 빠져나가야 할지 모르는데
눈도 귀도 다 두껍게 접혀버리네

도서관 가는 봄날

햇볕이 좋아 도서관을 간다

걷다가 무료하면
공원을 거닐거나
벤치에 앉아 햇볕 쬐기도 하지만
어떤 일 같은 일이 없어서
봄날 하루해는 길다

지나온 길은 길지 않았고,
앞으로 남은 길은 예정됨이 없어서
여기까지는 아직 아닌데 싶다

얇은 시집 한 권 펼쳐보는데
멀리 있는 자식 같다
몇 페이지를 넘기지만
내용은 여전히 건너편에 있다
읽던 책을 덮고 몇 권을 대출한다

이 따스한 봄날, 가슴엔

나와는 상관없는

불안의 책*들로 가득 차버린다

고백

이제야 고백하지만 그건 내가 들을 말이 아니라 정말 내가 하고 싶은 말이었다

머뭇거리다 놓쳐버리고 만 말들이 파도를 타고 씻겨간 해변에 소문과 함께 떠돌고 있었다

소라 귀가 휘파람 부는 것도 순비기꽃이 피었다가 지는 것도 어쩌면 어디에도 머물 수 없었던 불안한 내 발목 때문이었는지 모른다

사막은 인디고블루의 하늘빛 아래 붉은 모래 바다만 가지고 있는 게 아니지 않은가

쏟아지는 별을 심는 가슴이 되고 싶고 작열하는 태양 아래 오아시스 같은 샘도 품고 싶다

몰아치는 모래바람이 새로운 언덕을 세우고 낙타는 유유히 그 사막을 건너간다

가만히 있어도 물결은 밀려온다. 퍼지고 번지고 젖어온다.

오늘은 섬 같은 곳에 가만히 서서 내일은 사막 같은 곳에
처연히 서서 실어증 환자처럼 중얼거리고 있다.

그건 네게 듣고 싶은 말이 아니라
내가 정말 네게 하고 싶은 말이었다.

수선화

꿈속에서만 운다
아이 때문에도 울고
보이지 않는 얼굴 때문에도 운다

아무에게도 들키지 않게
혼자 찾는 방

물에 비칠 하얀 소녀의 얼굴만 생각한다

겨울 소나기에 봉오리는
비탈 아래쪽을 향해 눕는다

꽃을 피우지 못한 수선화는
산부추도 아니다

계절이 다 지나가는데
다시 일어서지 못하는 수선화,

잎 넓은 털머위가 부럽다

바람보다 가벼운 주검

떨어지는 게 먼저인지
시드는 게 먼저인지 목록엔 없다
흰빛을 쓰다듬어 하늘을 가리고
다만, 푸른 잎을 보지 못하는 슬픔에 목이 멘다

눈을 뜨면 사라지는 순간들
순백의 꿈은 언제나 높은 곳에서 키워 왔으나
걸어가지도 못하고 무거워 휘날리지도 못한다
드레스를 끌며 한 잎씩 널브러진다

댓돌 위에 가지런히 놓인 하얀 고무신처럼
배어나는 슬픔을 끌어안고
노숙해야 하는 목련의
하얀 발바닥

눈을 감은 채 슬하의 옷자락을 거둔다

아무것도 가지지 못하는
바람보다 가벼운 주검이
꽃의 이름으로 검은 발자국을 찍는다

선線 저 너머

은행나무 잎이 연두색 송곳처럼 뾰족한데
너머엔
아무런 색이 없는 죽은 나무

여긴 벚꽃이 절정인데
이미 지기 시작하는 저 너머

하루에 지는 꽃 피는 꽃을 다 지나와도
이곳에 서 있고 저곳에 누워
가도 가도 건너지지 않는 그것은
분명 보이지 않는 선이다

꽃을 따라갔지만, 꽃의 세계엔 들어갈 수 없고
계절을 따라갔지만, 계절 속으로 들어갈 수 없다

구름 속으로 들어가면 물방울만 달라붙듯
축축한 안개가 시야를 흐린다

아무것도 공유할 수 없는

이쪽에서 저쪽까지 그어진 선 위에

발자국 같은 점,

점들만 무수히 찍혀 있다

목소리가 끌려간다

모른다고 할 수 없으나
안다고도 할 수 없어 애매해지는
어쩌다 귓바퀴를 울리는 목소리

보험 가입을 권하는 전화처럼 매정하게 끊지도 못하고
어정쩡 지구를 한 바퀴 돌아
마음을 왜곡한다

그쪽으로 건너가지 못하고 주춤거리는 것을 알면서도
혀를 누르고 달래는 목소리가 테두리를 매만진다

서로 깨지지 않고
서로 열지도 않는 대화

파문도 없고 파동도 없다

줄곧 그 자리에 서서 버릇처럼
한 손으로 바닥을 문지르다
전화기를 내려놓으면
내가 그쪽으로 기울어져 한참을 버둥대고 있다

거슬러 오르는 힘으로

징검돌 근처
얕은 물 속에 잠긴 돌 위로
떼로 몰려가는 잉어들이
사람의 작은 발소리에도 깜짝 놀라 위치를 바꾼다
물결을 이루며
부드러운 왈츠를 추고 있는 치어들

한 치 더 자란 것들은
좀 깊은 쪽에서 군무를 추고
강 가장자리 물살이 없는 곳엔
막 어린이집에 온 듯 꼬맹이들이
이리저리 낯선 물살을 익힌다

더 높은 곳으로 오르기 위해
물살을 거슬러 힘을 키운다
선생님도 없이 저희끼리
줄지어 같은 속도로 리듬을 맞춘다

수업 시간 종은 누가 치는지

오래 보고 있어도
다음날 가 봐도 그 자리에서
물을 읽으며 헤엄치는 자습은 하염없고

물살은,
거슬러 오르는 것들의 힘으로
더 세게
은빛 날개를 퍼덕이고 있다

어떤 사이

지하철역에서 몰라보고 한 번 지나친 사이입니다
마스크로 입을 가렸고 선글라스로 눈을 가렸기 때문입니다

나란히 걸으며 여기저기 기웃거립니다
용수염 과자를 신기해하며 하얗게 웃습니다
연인 사이는 아닙니다

길을 잘못 들어 서로의 기억을 미안해하며 헤매기도 합니다
여러 번 와 본 북촌은 예 같지 않고 창덕궁 후원 예약은 이
미 매진되었고
고궁에는 앉을 자리가 없어 계단에 잠시 앉아 쉽니다
열정이 없습니다

찻집에서는 메뉴에도 없는 것을 시켜 멋쩍게 웃고
연잎밥 정식은 맛있게 먹었습니다
동동주도 곁들였습니다
다정한 노부부가 아닙니다

정치 이야기나 남의 이야기는 없습니다
시인들 이야기가 가끔 있습니다

이야기가 자주 끊어지며 약간 사이를 두고 서로를 앞서거니 뒤서거니 오래 걷습니다

기온이 무척 올랐습니다 웃옷을 벗어 팔에 걸고 갑니다

종로3가역에서 반대 방향으로 각자의 길을 갑니다

먼 데서 왔습니다

우리는 선생과 나이 많은 제자, 사이입니다

기억 속의 한 사람

사랑이란 말을
살아가는 것
이라 이해했다

옆에 없는 사람이
기억에만 저장되어
찬 얼굴을 보인다

한때는
황폐해진 가슴에 파고드는 더 깊은
사랑의 시작이라 생각했다

뒤꿈치가 주저앉아 일어설 수 없으니
기대어 설
내일이 없다

매 순간 죽고 매 순간 살고
죽음이란
현재의 시간을 휘몰아 과거로 가버리는 것

사랑은 가고 없다

끝난 곳에
추억의 빈집만 덩그러니 있다

환상 속으로 몰고 가는
사랑이란 말은

살아 있다는 말이다

문패

기둥이 없어서 떠돈다

검지를 눌러 표정을 보려고
드나들던 음성을 기억하려고
이름을 지우지 않고 있다

손바닥 위에서 변조된 음성은
내가 버리지 못한 주소를 통해
매번 다르게 튀어나오고
나는 그 집을 몰래 훔쳐보기만 한다

돌아보면 슬픈 얼굴은
혼자 벽이 된 채 구겨져
타인으로 서 있다

내가 벨을 누르면 누군가 대답할까 봐
문 저 너머에서 낮은 음성으로
나를 부를까 봐
눈을 감고 바라만 보는 문패

빈자리가 커지지 않도록
네모 상자를 닫으면
닿을 듯 말 듯 내 어깨 위로
떨리는 온기가 지나간다

4부

계절 영업

중랑천변의 계절은 바쁘고 소란스럽다
간판을 내걸고 영업을 시작하기 무섭게
새 간판이 뛰어든다

가장 먼저 벚꽃과 튤립이 대형 난전을 펼치더니
사르르 하나둘씩 문을 닫고
작약이 틈새시장을 파고든다 했는데
지난겨울부터 준비해 온 개양귀비 꽃밭이
안개초를 배경으로 강 한쪽을 완전 뒤덮어버렸다

지역신문이 입소문을 도배하자
한동안 사람들이 밀려와 꽃밭을 짓밟아
경비원을 세웠는데
바람은 키 큰 꽃들을 쓰러뜨렸다
개양귀비 유행이 지는 걸 대비해
코스모스를 준비하고 있지만
잠시 손님이 주춤할 기세다

그 사이

너무 작게 눈을 뜨고 있어 보이지 않던 개망초가
무리 지어 세를 넓히자
소박하게 차려입은 보라 소녀 수레국화가
치맛자락을 흔들고 끼어든다

어느 나라 비운의 공주 같은 사스타 데이지는
청초한 모습으로 주의를 끌었지만
소리 없이 마차를 타고 사라진 뒤
금배지를 단 금계국이 천지를 뒤덮었다
둔덕에서 자운영이 군데군데 자리를 펴보지만
워낙 색깔이 없는지라 당분간은
금계국이 밀고 갈 세상이 될 것이나

꿀벌은 경계 없이 꽃가루를 묻히고
환한 햇살 페달 밟으며 천변을 도느라 분분할 것이다

이끼

― 이 강은 초록빛 계곡을 가로지르고 태림을 가로질러 흐릅니다.

바위와 나무와 계곡에까지 온통 초록의 이끼가 덮였다
컴퓨터를 켜자 뜨는 화면
햇빛에 반짝이는 숲은 밝은 얼굴로
창을 열고 하늘을 내다보고 있다

거기에 소리가 없다고는
움직이는 것이 없다고는 생각되지 않는다
바람이 나무를 흔들 것이고
계곡에 물이 흐를 것이고 새들이 한 번씩
화면을 흔들 것이다

한 번도 숲 바깥으로 외출하지 않은 작은 사람들이
보드라운 이끼 융단에 나와 앉을 것 같은

촉촉해지는 물가
젖은 속눈썹같이 물을 품은 이끼들
연초록 봄 같은 얼굴로
나무의 그늘을 다 받아 안고 바닥에 몸을 깔고 있다
한 세월을 견딘 가라앉은 생명들,

잎도 줄기도 깊은 뿌리도 없이
바닥을 덮은 초록의 집념
거기에 젖을 눈물이 없다면
깊이도 없는 땅에 발을 디밀 수 있을까

오래된 숲의 미명을 기록하며
저 빽빽한 초록은 나날이 아래로 내려간다

하늘로 가지를 뻗는 나무들보다
더 아래로 흐르는 강물보다
부드러운 손으로 어루만져지는 눈물들이 있다
원시림에서 전송된 풍경이
눈물을 머금고 파랗게 번져,
반짝이며 켜지는 기쁨들도 있다

갈칫국 먹는 저녁

대문을 차고 나가버린 아버지를 지우는 듯
넓고 억센 호박잎을 뒤집어
매끈하게 빛나는 갈치 은분을 쓱쓱 문질러
등에 상처를 내는 엄마

울음의 둘레엔 아무런 표정이 없었습니다
갈치를 토막 내는 소리만 크게 울렸습니다

이럴 땐 우리도 멀찌감치 떨어져
기우는 노을을 바라보거나
할머니의 치맛자락을 감고 돌았습니다

날 세운 하얀 바지선
대리석 같은 피부에 손톱자국이라도 나면
하얗게 벼린 칼날로 무엇이든 베고 말,
그 바다에선 잘나가는 춤꾼이었습니다

뭇 소문을 씹으며
날은 어두워지고
비 맞은 듯 후줄근해지는 모시 저고리

언제 날벼락이 되어 떨어질지
긴 여름날도 배고픈 줄 모르고
유년의 저녁이 두근거렸습니다

아버지의 부재가 우리의 죄인 양
은비늘이 떠 있는 국물을 들이켜며
말없이 고개 숙이고 저마다 훌쩍이는

빛바랜 여름,

비린 저녁이었습니다

안개, 소

안개가 쌓은 벽이다
그 벽에 갇혀
젖은 시간을 되새김질하던 소
한쪽 사면에 자일을 걸고
위태롭게 발을 옮긴다
애당초 없는, 안개의 문은 열리지 않는다
고삐의 길이만큼 원을 그려
잠긴 집이라고 이름을 붙인다

거리를 가늠할 수 없는 지독한 벽
말뚝을 박아 집을 만든다
발을 움직일 수 있는 반경은
여린 풀잎의 집이 되고
반경 너머는 안개의 집이 된다

안개의 바닷속으로 가라앉는 산
까무룩 젖은 소의 눈망울 속에
예전의 집이,
기와지붕이 보인다
흩어져버린 징 소리도 들린다

시간의 맷돌은 쉬지 않고 돈다

울어 본 기억이 없는 소는
길게 목을 빼고 산등성이를 오른다
안개 속을 헤엄쳐 수면 밖으로 떠올라
집으로 가고 싶다
젖은 초록은 더 이상 집이 아니다

내 그림자의 반경 너머 안개의 문이 열리지 않는다

골목 깊은 집

골목 깊숙이 낮은 무릎 베고 누워 오래된 언어가 푸석푸석 잠자는 집 잔망스런 참새 한 마리 드나들지 않는, 잠긴 대문이 벽화처럼 걸려 있는 담벼락에 잿빛 나비들이 장식처럼 일어난다

감나무 한 그루 살지 않는 깐깐한 시멘트 마당 귀퉁이에 새끼 돼지 한 마리, 토끼 두어 쌍이 닭들과 오곤 조곤 살았다 키 큰 엄마 걸터앉기 딱 맞는 툇마루, 골바람이 지나다가 짧은 두 다리 달랑거리며 웃고 있는 유년의 멈춘 시간을 턱 걸어놓는다

빈터에 누워 있던 게으른 바람이 뒷문 열고 슬며시 마당 한 자락 쓸면 나른한 겨드랑 사이로 단잠이 스며든다 푸슬푸슬 깨진 바닥 틈새를 비집어 열고 빈 마당 가득 서성이던 성성한 풀들이 푸른 귀 세우고 닫힌 부엌 엿본다

긴 골목 빠져나가 돌아오지 않는 희미한 발자국들. 장독대 배 항아리에 들썩거리는 묵은 이야기 TV는 오늘의 문을 닫고 침잠하는 방으로 묵중하게 들어간다 담 너머 고개 내민 분홍 장미 몇 송이,

오래된 사진 속에 갇혀있는 앞가르마 곱게 탄 우리 엄마
기다리며 처연히 빈 고샅을 지키는 골목 깊은 집

하늘 강 다슬기

눈의 초점을 한곳으로 모아
길을 잃고 창을 바라다보면
물속에 잠긴 아득한 마을이 뜬다
어스름 저녁,
하늘에서 내려다보는 낮은 강바닥
작은 돌과 왕모래가 점, 점인 마을
말간 수면 속에서
간간이 해파리처럼 지나가는 구름을 잡는다

배배 꼬인 초록 내장까지 빼물고
깔깔거리던 어린 다슬기
가끔 바위 같은 문을 빼꼼히 열고
물컹한 발을 내디뎌본다
돌 틈에 감췄던 다슬기의 작은 성
잔물결에 휘감기며 단단해진다

간질간질 발목 감싸고돌던 어린 강물이
차곡차곡 돌을 쌓아 탑을 만든다
돌 틈에 길을 찾는 다슬기 따라

도란도란 옛 골목길 해그림자 지나면
먼 길 떠나는 나그네처럼 어둠이
횅한 골목에 우두커니 선다

넓은 강은 점잖은 흐름을 잊은 채
하늘이 배경인 낮은 강바닥에
작은 돌과 왕모래 같은
다슬기 오래된 집들을 끌어안는다

21세기 보물창고

미세먼지가 안개처럼 자욱한 날
몸은 내 안에 연금되어 아무것도 하기 싫어
나 아닌 나에게 안부를 묻고 있을 때

오랜 항해 끝에 회색 빌딩 사이로 지친 해적선을 정박하고
    허름한 청 잠바 자락을 휘날리며 애꾸눈 선장 잭이 불쑥
나타난다
    길가에 늘어선 옷가지들을 따라 안으로 들어가면
    동굴 같은 선실은 기역으로 꺾여 옷으로 싸여버린다

나는 어디로 끌려가고 있나
금 간 시간들,
채웠다 풀었다 수수께끼 같은
어떤 물결과 바람을 지나
양피지에 그려진 지도를 들고
해적들은 보물을 뒤져 찾나
찾는 사람만 찾고 아는 사람만 아는 곳
헌 것들을 모아둔 곳에 보물이 있다
가려져 눈에 잘 띄지 않는 곳에 깊이 감춰져 있다

같은 길을 갔는데도 오늘 처음 보는 창고
보이시도 않고 만져지지도 않는 것
내가 놓쳐버린 건 뭘까
내가 걸어온 발자국을 뒤돌아
딱 그만큼만 되돌아가고 싶다

오늘은 해적선에 잡혀 보물을 뒤진다
빈칸을 드러낸 마음 한 자락이
청바지 하나 건져 올려
나의 후줄그레한 보물창고로 옮겨 간다

모퉁이의 남자

숨을 곳을 찾는 사람이 모퉁이를 돈다
등을 돌리거나
모를 세워 선 얼굴이 비장하다

실같이 하얀 냄새가 피어오른다
맴돌다가 희미하게 사라져 버리는 실체
잡히는 꼬리가 없다

예각 안으로 좁혀진 경계를 그리자
목이 뜨끔거린다

어디든 잠깐의 그늘이 되는
구석이 필요하다

남자는 볼우물을 파 숨을 들이켜고
하늘을 향해
깊이 숨을 불어 낸다

누구도 지울 수 없는 견고한 신앙

그가 추앙하는 신에게
홀로 피워 올리는 제의祭儀

구석을 찾는 구부러진 의심으로부터
길을 찬연히 열어주는 경건한 손

둥글게 만 손가락을 받쳐 V자 그리며
영혼을 빨아들이는 호흡과의 밀회

떨리는 손으로 모퉁이에서
날마다 속을 그을어 태우는

그의 계절은 그늘이 깊다

먹쿠슬낭

여기 먹쿠슬낭이야

어디라고라고?

여전히 먹쿠슬랑

닭 먹구설랑 오리발 내미는 것도 아니고

뭘 먹구설랑

뭘 먹쿠슬낭

네 눈같이 작은 보라색 꽃, 멀구슬나무였다니

그때 그 찻집에 가고 싶다

그 환한 미소,

보고 싶다

가지 끝에 매달린 눈

떠도는 별들이 몰려와
무지갯빛으로 깜박이고 있는 게 쥐 눈이었어

이빨을 갉아 구멍을 만들고
어둠 속에서 시간의 출구를 찾아 안구를 밝히는

길은 헤아릴 수 없이 뻗은
수많은 나뭇가지 끝으로 나 있고
몰래 매단 기도문처럼 영롱한 물방울이
쥐똥나무를 환하게 밝히네

어둠 속에 몸을 담그고 물감처럼 풀어져
아무것도 밖으로 쏟아내지 못하고
몇 날이고 캄캄해져 있었어
제 눈 안에서 불안하게 빛나던 눈
살그머니 몸을 물 밖으로 던져보는데

눈이 부시다

어둠의 형식에 안주하면 어둠뿐이야
쓸데없이 망상 같은 발톱들이 자라고
입술을 뚫는 이빨만 자라지
무거운 어둠을 벗기고 눈을 떠야 해

아, 밝다
비 온 뒤 쥐똥나무 가지 끝에 매달린
저 쥐의 눈

우리 함께 살아요

누군가 개양귀비 꽃밭에서
한 움큼 명아주를 뽑아 던진다
꽃들 사이에서 넌출 넌출 춤추던 풀이
느닷없이 뿌리가 들려 내던져졌다

용서할 수 없는 풀

꽃다발에 푸른 가지가 조화를 이루듯
빈틈을 메우고 삶이 스며든 풀인데
그것도 눈 밝은 이에겐 가시가 되어
뽑지 않으면 안 되는 아픔이었나보다

작년 거기가 제자리였던
코스모스가 섞이고
어디서 묻어왔는지 간간이 엉겅퀴까지 있는데
꽃이 아니라고 명아주는 버려졌다

머릿밑이 훤히 보이는 빈터를 메워주는
푸르름으로, 풍경을 어우를 수 있는데
코스모스와 엉겅퀴와 명아주와 함께

바나나 맛 우유, 하나

좋은 하루 보내세요
이른 아침에
반짝 불이 켜지며 문자와 함께
작은 선물이 도착했다

은근히 당겨 올려지는 입꼬리를 물고
잘 그려지지 않는 사람을 떠올린다
한 번 더 기억해 주길 바라는
고객이 되기 위해서

바나나보다 달콤한 시원한 바나나 맛
유년의 기억이 펄럭인다

어느 순간에 각인된 별 하나
엄마가 쓰던 낡은 삼베 조각보가 떠오르듯
뜬금없이 먹고 싶어지는 자장면
연결고리도 없이 그려지는 풍경 속에
환히 웃고 있는 모습들

좋은 하루 보내세요

행운의 편지 보내듯
바나나 맛 우유, 하나 보냅니다

레몬 C

생각만으로 나를 깨우는데
우리, 사랑한 적 있나요
미안하지만, 전 당신을 기억하지 못해요

이국적인 당신
자세히 봐도 되나요
자세히 본다는 것은 관심을 가지고 가까이서 본다는 거죠
멀리서 훔쳐보듯 쓸적쓸적 보는 게 아니라 분석하며 오래
본다는 거죠 당신을 만질 수도 있고 벗길 수도 있고 자를 수
도 있어요

당신은 꽤 강렬해요
코를 찡하게 몰고 와서는 진저리를 치게 절정으로 몰고 가
요 전혀 대비하고 있지 않다가는 내가 노랗게 무너질 것 같
아요
그러나 나에 대해서 미리 단정 짓지는 말아요. 순진하다고
해서 당신을 모르는 게 아니에요 쓴맛 단맛 다 알아요

레몬 C, 침이 도네요
혓바늘이 돋았어요

지난가을 한 소쿠리 레몬
호주 벌꿀에 재워진 당신
아직도 사랑이 익지 못했나요
이 쓴맛으로는 도저히 입술을 훔칠 수가 없네요

청둥오리를 보았을 때

강을 유유히 떠다니거나
머리를 박고 사냥하는 청둥오리만 보다가
둑방 마른 풀숲에서 풀씨를 쪼고 있는
청둥오리를 보았을 때
바람 부는 바닷가를 배회한
어느 날의 일탈을 생각한다

빛나는 녹색 머리에 노랑 부리의 수컷은
자맥질로 지친 하루를 잠시
무리를 떠나 홀로 시간을 보내고 있었는지 모른다
매끄럽게 수면을 떠다니다 문득
살찐 몸뚱이를 뒤뚱거리며
땅을 걷고 싶었는지도

흙냄새를 맡으며 마른 줄기에 달린 풀씨와
멀리멀리 함께 여행하고 싶었는지도 모른다
그리운 이 생각하며 혼자
울고 있었는지도

아무도 모르게
햇살 밝은 강가 윤슬이 반짝이는 날은
홀로 떠나고 싶은 날도 있는 것이다

목련이 꽃 피는 찻잔

꽃은 봉오리로만 건재하다
속에 묻고 있는 생각까지는 나야 알 수 없는 일

달콤하거나 쓰거나 쌉쌀한 맛이
수많은 입술이 겹치며 꽃잎으로 스며든다
찻잔의 단단한 뼈로 자라
꽃을 피우고 있음을 여태 난 모르고 있었다
봉오리는 계절을 알 수 없으며
순환의 일과로 기록되지 않는다
하얀 목련은 연갈색 문양으로 눌려
층층이 박혀있는 눈[目]으로 말한다

서쪽으로 넘어가는 햇살이 밤을 지나
새벽까지 품고 아침 햇살이 된다는 것을 놓쳤다
피지 못하고 화석이 되어버린 꽃
한 번도 경험하지 못한 향기가
어질어질한 머리에 흔적으로 남는다
두툼한 머그잔보다 얇은 커피잔이 입에 착 달라붙는다

수만 번의 입맞춤으로 잔의 역사는 꽃으로 기록된다
찻잔에 드리워진 반전,

두 손으로 받쳐 들고 경배하듯
손잡이가 꽃받침으로
한 송이 하얀 목련이 피어난다

뒤로 전진할 때

마주 서기 민망해서
만원 엘리베이터를 맨 나중에 탈 때
뒤로 돌아서 탄다
복잡한 전철 안에서 서로 얼굴이 맞닿을 것처럼
가까워질 때 돌아선다

전동휠체어를 타고 전철을 타려고 하다 앞바퀴가 걸린다
뒤로 뺐다가 전진
그러나 다시 걸린다
당황해 멈칫거릴 때 누군가 다가가
휠체어를 뒤로 돌려준다
휠체어의 앞바퀴는 작고 뒷바퀴가 크다
서툰 조종으로 앞으로 탈 때
딱 맞게 앞바퀴가 사이에 끼어 버렸다

반드시 앞으로만 전진하는 건 아니다

우리는
밤마다 누워 내일로 전진한다

일기장에 남은 세월

칠순 날에
한 사람은 비행기를 타고
돌아오기 위해 여행을 떠났다
한 사람은 지구의 언어를 쓰지 않는 곳으로
오직 혼자만의 길을 떠나버렸다

영원히 보내는 의식을 치르는 우리는
그 슬픔에서 가벼워지려고
슬며시 눈을 감는다
감아도 떠오르는 건
어렸을 적의 그 단발머리

요즘은 이른, 일흔의 나이라지만
이미 세상 사람이 아닌
퉁퉁 부어오른 얼굴에 생명줄을 걸고
다른 얼굴을 하고 누워있던
구석진 그늘이었다

어디에서도 맑았던 눈동자와 마주칠 수 없고

구르는 목소리를 가질 수 없다
기억 속에 엷은 낱장으로 묶여
일기장에 남는다

뛰놀던 푸른 들판에는 검은 강물이 흐르고
수없이 가지를 뻗던 나무는
고목이 되어 옹이만 박혀
약한 바람에도 몸을 가누지 못한다

한 사람이 가면 모두가 흔들리고
서로 손을 잡아보자는 말에 힘이 없다
파장罷場에 남은 사람도
일기장에 세월을 헤아리는
다른 얼굴을 한
또 한 사람이 된다

천 개의 질문과 천 개의 고원에 대한 퍼즐

권성훈(문학평론가, 경기대 교수)

가지처럼 뻗은 잎맥을 따라가면
사라진 잎사귀를 그릴 수 있다
— 「퍼즐 맞추기」 중에서

1.

고원은 여러 개로 존재하는 가운데 서로 관계를 맺으며 끊임없이 연결되어 있다. 그것은 가시적으로 다르지만 본질적으로 유사성을 가진 나름대로 개별적인 존재다. 마치 고원에 현존하는 모든 존재가 퍼즐처럼 조각난 상태로 하나의 고유한 의미를 가지면서 여러 개로 접촉하는 것처럼. 고원의 존재들은 서로 순환하고 있으며 서로 다른 이름을 통해 약동하는 생명성으로 어우러져 전체가 하나의 풍경이 되는 것. 그 조각들이 하나의 퍼즐을 형성하듯이 고원도 고원과 고원의 다양체로서 완결된 집합이다.

그것들은 '핏줄처럼 뻗은 잎맥'처럼 공간과 공간 사이에 거주하는 것. 한 자리를 지키는 고원들의 다양체는 "갈라지고 사라지고 뚫려서/내가 선 그 자리가 구멍"에 대한 미세한 차이와 반복으로서 균형을 이루면서 소통하고 화합하고 재생되며 소멸한다. 우리는 고원을 "색깔과 위치와 모양에 따라 분류되고" 있는 것으로 이해할 수 있으며 모든 존재자들을 고원들로 구성된 존재로 파악할 수 있다.

한 편의 시 역시도 전체들의 부분이라는 행간에서 하나도 없어서는 안 되는 고원들로 구성된다. 구절과 구절 사이의 행간에서 시라는 형식을 통해 서로가 관계 맺는 고원을 보여준다. 그렇지만 시적 형식을 부여받지 않은 언어는 여전히 불안정한 질료들일 뿐이다. 형식화되기 이전의 언어들은 길들여지지 않은 사유이면서 모든 방향으로 나아가는 가능성의 흐름을 가진다. 말하자면 시라는 형식을 부여받기 전의 언어는 기관 없는 몸체처럼 조직화되지 않았지만 기호화되는 순간 파편적이고 무기적인 것에서 조직적이고 유기적인 기관으로 변화한다.

시는 고원 밖에서 부유하는 시인의 기의가 기표를 통해 정박하는 순간에서의 이어짐으로 환원할 수 있다. 「삼베 조각보」처럼 "팽팽한 긴장을 당기며/네 귀가 씨줄 날줄로 균형을 이루던" 것에서. "삶의 편린을 조각조각 모아" 문자로 시는 조직화 된다. 이때 "엷어져 가는 기억들"은 기억들의 줄기를 통해 역동적으로 서로 접선하면서 시적 고원으로 생산되는 것. 그것은 "한 땀도 섣불리 지워버릴 수 없는" 사색의 결과이다. 이같이 삼베 조각보의 패치워크와 같이 크고 작은 형겊 같은 조각난 기억들은 언어로 재단되고 고정된 방향성이나 정형으로서의 씨실과 날실이라는 "성곽처럼 꽉 물려 견고하던 울타리"로 통한다.

이번 조직형 시인의 첫시집 『천 개의 질문』은 다채로운 고원의 언어를 통한 사유의 방식으로 길들여진 세계에 질문을 던진다. 그럴 때 수많은 존재 일체가 퍼즐의 조각처럼 규칙적으로 교차하는 가운데 시적 사유가 성립된다. 그것은 각기 다른 존재들의 비정형성의 이미지를 하나의 공간 이미지로부터 촉발된 상태에서 수많은 연상 이미지들을 생산한다. 게다가 다양한 방식으로 증식되는 존재에 대한 고유한 의미 계열을 가로지르며 직관적으로 파고든다. "안으로만 말리는 겹겹의 탄력"(「손안의 양파」)같이 그 의미의 층위를 시인은 수사적으로 이동, 확장, 변주시키면서 전체 고원과 마주하게 한다. 그럼으로써 기존의 의미망의 "껍질을 벗길 때/속으로 말아 넣은 촉촉한 이력이" 드러나고 "결마다 매끈해지는 나이테" 같은 숨겨진 의미를 발견하는 것.

마치 「걸어가는 뿌리」처럼 사유의 영토의 경계들의 공간을 넘어서는데, 그것은 "발을 뻗는 곳이 곧 길"임을, 길이 곧 고원임을 알게 한다. "받치고 있는 뿌리가 있어야/뻗어갈 테니까" 언술하는 시인의 시편들은 리좀(rhizome)으로서 줄기의 "생은 밑으로 흘러 더 깊어지"(「흰 강」)는 뿌리같이 땅속으로 뻗어나가는 땅속 줄기식물과 다르지 않다. 들뢰즈와 카타리에 의해 제기된 "리좀(rhizome)은 나무나 나무뿌리와 달리 자신의 어떤 지점에서든 다른 지점과 연결되며 접촉한다. 하지만 리좀의 특질들 각각이 반드시 자신과 동일한 본성을 가진 본질들과 연결 접속하는 것은 아니다. 리좀은 아주 상이한 기호 체제들 심지어는 비기호들의 상태들을 작동시킨다. 리좀은 하나로도 여럿으로도 환원될 수 없다."*처럼 그녀의 시에서도 발견되는 고원의 언어는 둘이 되는 하나도 아니며 하나로 파생되어 나오는 여럿도 아니다. 심지어는 하나가 더해지는 여럿도 아니라는 점에서 리좀의 단위처럼 그녀의 시는 정해져 있지 않다는 것을 의미한다. 그것은 처음과 끝도 없이 차원들 속에서 "가지가 자라고 잎을 내밀고"(「나무가 되어가는 사람」) 움직이는 방향으로 이루어진 것들로 중간을 가지며 중간을 통해 "부채처럼 푸른 잎을 펼쳐 쥔 손을 움츠리고/그 자리에서" 자라고 넘쳐난다.

2.

조직형의 시편은 고원을 이루는 땅속줄기라는 의미로 세계를 구성하는 수많은 다양태의 기표로 연결되어 하나의 언어의 리좀을 형성한다. 이는 나무가 수목형처럼 계층적 질

---

* 질 들뢰즈, 펠릭스 가타리, 『천개의 고원』, 김재인 역, 새물결, 2001, 46-49면 참조.

서를 교환할 수 없는 뿌리와 가지 그리고 잎의 위계를 가지고 있지 않지만 리좀은 뿌리가 내려 있지 않은 지역이라도 번져나갈 수 있는 '번짐'과 '엉킴' 형상을 지지한다. 이 번짐과 엉킴은 그녀의 시에서 "물결 없는 물에 물의 얼굴을" (「예순아홉 개의 징검다리」) 구성하면서 '한 칸씩 사유의 화음'을 만들면서 고원의 언어를 지탱하며 고원들을 건너가고 있다. 이 같은 '사유의 화음'은 "매 순간 죽고 매 순간 살고" (「기억 속의 한 사람」)있는 삶을 시편의 바다를 항해하는 가운데 부침으로 추출하는 시어로서 수평적으로 이어져 있다.

오후의 역광으로 찍는 뷰파인더 속 나무 한 그루
시커먼 실루엣으로
하늘을 떠받친 채 무섭게 서 있다

천 년을 넘게 산 은행나무

거대한 나무 밑에 서서
고개를 꺾어 하늘 같은 꼭대기를 쳐다본다
나무의 끝을 알 수가 없다

세상일이 안과 밖이 따로 있는 게 아니라면서
부동의 자세로 대웅전을 바라보는 나무

저 가지 어딘가에 붙었던 나뭇잎으로
수많은 인연이 겹을 만든다

아직 이루지 못한,
가지에 매달고 있는 천 개의 질문

천 개의 눈이 있고
천 개의 귀가 있어
천 년을 산다는 것은 나무 하나만의 목숨은 아닐 것이다

그에 일 할도 안 되는 목숨으로
그를 엿보는 것 같아 가슴이 쿵쿵거린다

나는 아득한 나무 앞에서
너무 높게 서 있었다

―「천 개의 질문」전문

이 시는 조직형의 이번 시집 표제작으로 고원의 언어를 '천 개의 질문'이라는 사유로 편성되어 있다. 천 개의 질문은 천 년을 산 은행나무가 가지에 매달고 있는 "수많은 인연의 겹"을 표상하는 것. 인연은 홀로 자생할 수 없으며 각기 다른 존재들의 관계 맺음을 통해 수많은 겹을 형성하고 있다. 이처럼 은행나무가 가진 겹겹의 시간은 존재들이 구축해온 '인연의 그물망'으로서 천 개의 질문이 되는 동시에 이미 정해진 천 개의 해답이 된다. 그럼으로써 "세상일이 안과 밖이 따로 있는 게 아니라면서/부동의 자세로 대웅전을 바라보는 나무"로 등장하는데, 그것은 안과 밖이 연결된 고원의 퍼즐로 맞추어진다. 그녀에게 시는 안과 밖의 구별이 모호하

거나 없어진 상태로 이어짐을 말하는데 모든 사물이 은행나무와 같이 이원화시키지 않는다. 때문에 이 은행나무가 생태적으로 천년의 세월을 거치는 동안 '천 개의 눈'과 '천 개의 귀'가 둘이 아니라 하나로 일원화되어 나타난다. 그럼으로써 은행나무가 펼쳐온 인연의 그물망은 서로 '하나의 목숨'으로 연결된 고원의 리좀으로서의 '번짐'과 '엉킴'을 가능하게 한다.

그러나 고원에서 뿌리를 내린다는 것은 '허공에서 바람에 흔들리는 집을 지은'「위험한 집」처럼 불안한 시간을 마주해야 할 때가 많다. "한 자리에서 오래오래/시간을 묵혀야"(「누룽지 카페」)하고, "불에 뛰어드는 나방처럼/서로 몸을 부딪치며 쟁탈전이 벌어지"(「중랑천 검은 잉어들」)기도 하고, "어디를 개척하듯이/새로운 발자국을 찍는 일"처럼 "낯선 곳에 가서 나를 묻고"(「좌표 여행」) 오는 일이기도 하다. 그러므로 고원에서 뿌리를 내린다는 것은 "그 낯선 곳은/가보는 게 아니라/그 속에 직접 들어가야 하는 것"이기에.

> 아무 데나 빗줄기가 스며드는 곳이면
> 보따리를 풀고
> 건조한 바람에 실려 온 고단한 몸을 부렸다
> 얼마나 깊이 내려가야 발이 닿을지
> 닫힌 문 앞에 마냥
> 서 있었다

관절마다 갈퀴 같은 옹이박이고
텅 빈 뱃속을 드러낸 팽나무가
속절없이 예각으로 기울 때에도
나 여기 끄떡없이
서 있었다

강물은 깊어 돌을 굴리지 못하고
온몸으로 쓰다듬고 지나가지만
왔던 길을 뒤 돌아보지 않는다

어스름 땅에 납작하게 붙어
도도하게 하늘 향해 주먹 내지를 때
뿌리는
묵묵히 깊은 우물물을 길었다

내 몸이 긴 그림자 비울 때

둥근 바람을 받아 날기 위해
깃을 팽팽하게 세우고
처음부터 나 여기
꿋꿋이 서 있었다

—「민들레처럼」전문

　시인은 '민들레의 방식'을 통해 고원에서 더 멀리 있는 고
원으로 이동하여 뿌리내리는 과정을 보여준다. "아무 데나
빗줄기가 스며드는 곳이면/보따리를 풀고/건조한 바람에 실

려 온 고단한 몸을 부렸다"는 것처럼.

"얼마나 깊이 내려가야 발이 닿을지" 뿌리 내리기를 간절히 바라는 마음으로. 이같이 '끄떡없이' 서 있기 위해서 "뿌리는/묵묵히 깊은 우물물을 길"어 올려야 한다. 그럼으로써 "둥근 바람을 받아 날기 위해/깃을 팽팽하게 세우고" 이 고원에서 저 고원으로 더 멀리 오래 날아갈 수 있다. 그것은 "가벼워지는 몸/가슴에 핀 꽃나비"(「버려진 장롱」)처럼 날개를 달고 이동하게 되는 것.

3.

처음부터 위태롭게 태어난 건 아니었다

전혀 바라던 자리가 아닌 곳에서
몸통으로 서 있는 불안한 직립

흔들리는 나무 위에선 잡을 게 아무것도 없구나

적요한 밤이 지나면
해가 솟는 아침이 온다는 것을 간과했다
뺨을 때리는 바람만이 너를 견디게 하는 힘
말은 입에서 생기지 않고
희망을 눈으로 보는 것도 아니다

한때 순백으로
가만가만 길을 찾던 잃어버린 발꿈치를 들고
창 안을 들여다본다

네가 던져놓은 선물꾸러미가 집집마다 쌓여 갈 때
넌 나무에서 후드득 떨어지는 눈처럼 부서져 내린다

끼니도 거르며 밀고 가는 택배 카트에
어지럽게 달려드는 밥풀 같은 눈송이
하루를 달려 텅 비워 낸 저 짐칸에
무엇을 담아 돌아가야 하는지
젖은 주소를 읽으며 먹먹해진다

이미 내일이 와버렸다는 것도 모른 채
서서히 체온을 올리며
그 자리에서 날개를 터는 눈사람

— 「눈사람」 전문

이미 북촌을 걷고 있었다

같이 걷던 발걸음이 거기에 기다리고 있는 듯
골목에서,
달력 그림처럼
한옥 처마의 곡선을 사진에 담았다
거기에 서 있는 누군가가 함께 찍혀 나올 것 같아서

길게 줄을 서서 국수를 먹으면
거기에 같이 기다린 사람이 서 있을 것 같아서

먼 곳에 있는 추억이
가까이 다가오는 것들을 찾아다녔다
우리가 언제 함께했는지 기억을 의심하면서

마주 닿은 가슴이
포개진 적이 언제였는지
사실은 그렇듯
꿈속에 보는 것들은 늘 한 면만 본다

닫힌 대문에 걸린 종이 인형
오늘은 쉽니다

모든 것은 그 안에 쪼그리고 앉아 있었다
— 「종이 인형」 전문

　위의 「눈사람」과 「종이 인형」은 하나의 물질로서 전체를
이루고 있지만, 기관은 존재하지 않는다. 하얗게 생긴 '눈사
람' 형상은 시작도 끝도 없지만 동시에 시작과 끝이 다 같은
얼음의 모습인 것처럼 '종이 인형' 또한 종이로 그 전체가 부
분이며 부분이 전체를 생산하고 있는 것. 바로 '기관 없는 신
체'라는 점이다. 이 같은 형상은 실제화된 리좀으로서 세부

의 세부를 담보하면서 얼음과 종이 자체로는 추상적인 것에 불과하다. 그렇지만 눈과 종이가 만들어내는 것은 무한한 것을 유한하게 조직할 수 있다.

잠시 사람의 형상을 하는 '눈사람'은 눈이 녹으면서 땅으로 흡수가 된다. 그럼으로써 눈사람은 땅으로 사라지면서 고원으로 편입된다는 점에서 "한때 순백으로/가만가만 길을 찾던 잃어버린 발꿈치를 들고" 있던 것이다. 그러므로 "무엇을 담아 돌아가야 하는지/젖은 주소를 읽으며 먹먹해진다"는 것은 눈사람의 차가운 슬픔이 아니라 차가운 기쁨으로서 "서서히 체온을 올리며/그 자리에서 날개를 터는 눈사람"의 허물을 아이러니하게도 벗을 수 있다. 물론 눈사람은 소멸을 위해 있는 것이 아니라 땅으로 돌아가 고원을 구축함으로써 하나의 얼굴을 벗고 고원의 얼굴로 표상하는 것으로서의 진화를 의미한다. 결국 '눈사람'이라는 존재는 "구겨지긴 싫고,/부풀어 터질까 조바심을 내도/지금은 한밤중, 별의 영역이라 저며지는 백지"(『외국어의 시간』)와 같이 고원을 키우는 물로 생명의 근원이 되는 데 있다.

서울 북촌 골목 한옥에 전시된 '종이 인형'들은 멈춰버린 세월을 소환한다. 이때 '종이 인형'은 닥종이에 불과하지만 이들의 모습은 변화하지 않는 과거의 기억들의 현시인 것이다. 현실에서 인화되는 사진처럼 "거기에 서 있는 누군가가 함께 찍혀 나올 것 같아서" 누군가와 오래전 함께 했던 시간들이 시인의 무의식적으로 녹아 있다. 또한 "거기에 같이 기

다린 사람이 서 있을 것 같아서" 그것을 한참 동안 바라보
는 시인의 '먼 곳에 있는 추억'은 고원으로 연결된 기억의 뿌
리가 아닐 수 없다. 그러므로 시인이 현출하는 과거의 "모든
것은 그 안에 쪼그리고 앉아 있"는 잊혀지지 않는 리좀으로
파악할 수 있다. 마치 "아무리 먹어도 채워지지 않는, 그리
움은 허기"(『강은 흘러가면서 깊은 여백을 남겨두었다』)와 같이.

   4.

   그녀의 시는 "내가 들을 말이 아니라 정말 내가 하고 싶은
말"(『고백』)을 통해 고백의 언어로 표상되는데 그것은 별과 같
은 상징적 기표로 발화한다. 그러므로 조직형은 상상 속 언
어들로부터 "쏟아지는 별을 심는 가슴이 되고"자 한다. 게
다가 "그건 네게 듣고 싶은 말이 아니라/내가 정말 네게 하
고 싶은 말"이라는 점에서 내재적이면서도 배척적이지 않
은 진실을 소환하는 데 있다. 시인의 고백은 숨겨진 진실을
독백으로 말하는 것이 아니라 상대의 가슴에 파고드는 빛나
는 대화의 별처럼 파고들게 한다. 때로는 그것이 "서로 깨지
지 않고/서로 열지도 않는 대화"(『목소리가 끌려간다』)일 지라도
"내가 그쪽으로 기울어져 한참을 버둥대고 있다"가 타자에
게 스며들기를 바라는 의식이다.
   여기서 우리는 그녀의 말에서 차별과 우열이 없이 존재하

는 모든 것이 평등한 것임을 상기하게 된다. 그것은 다시 말해 모든 것이 고원 위에서 수평적으로 자라면서 "이곳에 서 있고 저곳에 누워/가도 가도 건너지지 않는 그것은/분명 보이지 않는 선"(「선線 저 너머」)의 경계에서 출몰한 덩굴처럼 뻗고 있다. 게다가 상상력을 동반한 수평적 미끄러짐을 동시에 감행하며 수사적 이미지를 통해 사유를 종단하고 시행을 횡단하면서 세계의 본질을 '천 개의 고원'으로 탐사한다.

　　떨어지는 게 먼저인지
　　시드는 게 먼저인지 목록엔 없다
　　흰빛을 쓰다듬어 하늘을 가리고
　　다만, 푸른 잎을 보지 못하는 슬픔에 목이 멘다

　　눈을 뜨면 사라지는 순간들
　　순백의 꿈은 언제나 높은 곳에서 키워 왔으나
　　걸어가지도 못하고 무거워 휘날리지도 못한다
　　드레스를 끌며 한 잎씩 널브러진다

　　댓돌 위에 가지런히 놓인 하얀 고무신처럼
　　배어나는 슬픔을 끌어안고
　　노숙해야 하는 목련의
　　하얀 발바닥

　　눈을 감은 채 슬하의 옷자락을 거둔다

아무것도 가지지 못하는
바람보다 가벼운 주검이
꽃의 이름으로 검은 발자국을 찍는다
— 「바람보다 가벼운 주검」 전문

　앞서 시인이 보여주는 '천 개의 질문'은 모든 물질계의 존재들이 이어지고 연결되어 있다는 사실이다. 이러한 존재들은 계층적으로 살아 있으며 개별적으로 관계한다. 여러 개의 신경 체계가 하나의 시스템으로 작동하는 천 개의 고원같이 생명으로 통하고 있다. 물론 땅밑에 연결된 줄기들과 넝쿨들이 자연스럽게 고원과 고원이라는 고원들을 형성하는 것에 대한 살아 있음을 의미한다. 그렇지만 진정한 고원이란 그 자체가 개별적 존재들이 각기 고유성을 지니고 있을 때 완성되는 것이 아니다.

　진정한 고원은 그 속에서 뒤섞여 서로가 구분이 없는 상태로서 융화되는 것을 의미한다. 여기서 융화는 퇴화된 것이 아니라 땅에서 완전히 섞여서 산화된 물질을 말한다. 부분적 생명이 전체적 생명으로 변화하여 존재적 고유성이 사라진 상태로서의 자연적 퇴적물이 되는 것, 그러므로 「바람보다 가벼운 주검」은 삶 바깥으로 나아가는 것과 동시에 근원적 자리로 회귀하는 것이다. 이에 "떨어지는 게 먼저인지/시드는 게 먼저인지 목록엔" 없는 것으로 "흰빛을 쓰다듬어 하늘을 가리고" 본향을 향해 가는 것과 같다. 모든 물질들의 본향은 원래 왔던 곳으로 귀환하는데 거기가 구분 없는 생태적 존재의 자리다. 바로 "아무것도 가지지 못하는/바람보다 가벼운 주검"으로 육신조차 놓아 버렸기에 모든 고원이 되는 것이다. 이처럼 산화된 존재들의 "날마다 속을 그을어 태우는"(「모퉁이의 남자」) 고원의 '계절은 깊은 그늘'을 잉태하고 있다.

　그녀의 시는 '천 개의 질문'에 대하여 '천 개의 고원'은 응답하는데 그것은 "흙냄새를 맡으며 마른 줄기에 달린 풀씨와/멀리멀리 함께 여행하고"(「청둥오리를 보았을 때」) 있는 고원의 횡단자를 의미한다. 그럴 때 "달콤하거나 쓰거나 쌉쌀한 맛이"(「목련이 꽃 피는 찻잔」)라는 시어들을 출산하면서 "수많은 입술이 겹치며 꽃잎으로 스며"들게 한다.

　이처럼 조직형 시인의 이번 시집은 고원을 이루는 뿌리를 둘러싼 것들을 향한 사유의 보폭을 보여준다. 거기에는 모든 존재들이 산화되고 융화되어 녹아 있는 바 그것이 '언어의 퇴적물'로 교환되어 나타난다. 이럴 때 "하늘 위로 솟은 곧은 줄기"(「걸어가는 뿌리」)처럼 시행을 형성하는 그의 시에서 고원에서 깊어지는 "뿌리의 근원"을 발견할 수 있듯이 "초록이든 연두든/받치고 있는 뿌리가 있어야"함을 강조한다. 그럼으로써 우리는 "밤마다 누워 내일로 전진"(「뒤로 전진할 때」)하고 있는 '천 개의 고원'의 퍼즐을 완성할 수 있으며 던져진 세계에 대한 본질적 의미 또한 깨닫게 된다.

조직형

2018년 『한라일보』로 등단.
제주 작가회의, 시사랑 문화예술아카데미 회원.
Email: ncho5303@naver.com

서정시학 시인선 219
천개의 질문

2024년 7월 30일 초판 1쇄 발행

지 은 이 · 조직형
펴 낸 이 · 최단아
편집교정 · 정우진
펴 낸 곳 · 도서출판 서정시학
인 쇄 소 · ㈜ 상지사
주 소 · 서울시 서초구 서초중앙로 18, 504호 (서초쌍용플래티넘)
전 화 · 02-928-7016
팩 스 · 02-922-7017
이 메 일 · lyricpoetics@gmail.com
출판등록 · 209-91-66271

ISBN 979-11-92580-40-1 03810

계좌번호: 국민 070101-04-072847 최단아(서정시학)
값 14,000원

 * 잘못된 책은 바꾸어 드립니다.

서정시학 시인선